(1)

DISCOURS

Sur l'intolérance & le defpotifme du Clergé,

PRONONCÉ dans les Séances publiques des Amis de la Conſtitution à Rouen, les 2 & 3 Juin 1791, par un de ſes Membres.

AVANT d'entrer en matiere, je dois, MESSIEURS, vous expofer quelques idées fur la Religion, propres

A

(513)

à écarter toute interprétation arbitraire fur ce que j'ai à vous dire. Vous me trouverez quelquefois au deffous de mon fujet, mais je ferai toujours dans le fens de la Conftitution.

Je confidere la Religion fous le double rapport de l'homme avec Dieu, & de l'homme avec l'ordre focial.

La Religion, confidérée fous les rapports avec Dieu, convient à toutes les Nations & à toute efpece de Gouvernement. Elle eft une, univerfelle, indépendante, invariable. Elle ne reconnoît ni Rois, ni Sujets, ni Defpotes, ni Efclaves; elle met au même rang le fort & le foible, le pauvre & le riche; elle ne voit dans l'homme que l'homme, & ne le diftingue que par fes vices & fes vertus.

La Religion prife en ce fens, n'eft point un objet de légiflation. Elle n'eft la propriété d'aucun Peuple, d'aucun Gouvernement, d'aucune Société en particulier; mais elle appartient à tous les Peuples, à tous les Gouvernements & à toutes les Sociétés. Les hommes lui font foumis dans quelque fituation qu'ils fe trouvent, & à quelque Souverain qu'ils obéiffent.

La Religion n'étant point une inftitution politique, ne doit point avoir de territoire. Jefus-Chrift n'en laiffa point à fes Difciples; il ne leur laiffa que l'Univers à inftruire. On ne les vit jamais prefcrire aux Puiffances, les divifions qu'elles devoient donner à leur Empire, pour les y recevoir. Ils fe contentèrent de celles qui leur furent affignées, lorfque le Chriftianifme eut fait affez de progrès, pour avoir befoin d'un Culte public, & de tout ce qui eft néceffaire pour le maintenir. On crut dès-lors, comme on le croit aujourd'hui, que la police extérieure de la Religion, appartient effentielle-ment à la Puiffance qui nourrit les Miniftres, qui les protége, & qui fubvient aux frais du Culte. Le territoire accordé aux Miniftres, pour l'exerci-ce de leurs fonctions, n'eft pas le territoire de la Re-ligion. Il n'a jamais ceffé d'appartenir aux puiffances qui en ont permis l'ufage, & qui font toujours maî-treffes d'y faire les changements que leurs intérêts politiques exigent. Il n'y a en cela qu'une pure ad-miniftration fociale, qui ne touche en rien à la Religion. Immuable comme Dieu, elle eft toujours ce qu'elle doit être. Voilà ce que des Prêtres ré-fractaires ne veulent point entendre, & qui ter-mine d'un feul mot, ces funeftes querelles que l'i-gnorance & l'ambition fufcitent, fous le nom de zèle, dans toutes les parties de la France.

Au furplus, MESSIEURS, ce n'eft point de la Religion en elle-même, que j'ai à vous entre-tenir, mais des abus qu'en ont fait fouvent fes Miniftres dans l'ordre focial, pour perfécuter & affervir les Peuples, au lieu de les inftruire. Je vous peindrai ce defpotifme effrayant du Clergé, fur tous les Empires qui ont embraffé le Chriftianifme. Je vous parlerai sur-tout de la tolérance, de ce lieu de paix, de cette vertu des sages, si long-temps proscrite, qui honore en même-temps l'humanité & la religion ; & vous aurez occasion d'admirer souvent la sagesse & les sublimes efforts de nos Représentants, qui sont parvenus à donner au Clergé une Constitution, à laquelle il sembloit impossible qu'aucun pouvoir humain, pût jamais le ramener. Commençons par la tolérance.

Elle est donc venue cette tolérance ! Esprits justes, amis de l'humanité, vous qui adorez Dieu comme le père commun des hommes, & qui les chérissez tous comme vos freres, livrez-vous sans crainte au doux sentiment qui vous anime. Propagez avec toute l'étendue de votre zele, ces maximes salutaires, qui, ne distinguant plus les hommes par les opinions, les ramenent tous à l'union, à la concorde, & les fait concourir au bien commun, seul but du pacte social. Vous serez soumis aux loix, mais vous serez les maîtres de vos pensées. Cette noble portion de vous-même, qui vous donne le premier rang parmi les êtres, & vous éleve jusqu'à la divinité, va devenir indépendante, par le bienfait de la Constitution, comme elle l'étoit déjà par sa nature. Ecoutez cette loi consolante, qui brise un joug servile & persécuteur, & rend à l'esprit humain toute sa dignité : » *Nul ne doit* » *être inquiété pour ses opinions, même religieuses,*

» pourvu que leur manifestation ne trouble pas l'ordre
» public établi par la Loi ; & cet autre : La libre
» communication des pensées & des opinions, est un
» des droits les plus précieux de l'homme. Tout Ci-
» toyen peut donc parler, écrire, imprimer librement,
» sauf à répondre de l'abus de cette liberté, dans les
» cas déterminés par la Loi. » (1) Ces paroles,
MESSIEURS, méritent d'être gravées en lettres
d'or sur des colonnes de marbre, & le genre-humain
devroit décerner des honneurs publics aux sages
Législateurs qui ont fait une loi aussi convenable au
bonheur & à la nature de l'homme : elle anéantit
dans la France, cette absurde férocité, qui, depuis
près de 14 siecles, désole l'univers, de vouloir
diriger les opinions par la violence, le fer & le feu.
Représentez-vous un homme qui en tient un autre
terrassé sous le glaive, en lui disant : » Je veux que
» tu conçoive telle idée, que tu adopte telle croyan-
» ce, parce que cette idée & cette croyance sont
» les miennes ; & si tu ne veux pas penser autre-
» ment que tu ne penses, Dieu m'ordonne de t'en-
» foncer ce poignard dans le cœur, & de t'im-
» moler à sa vengeance. » Tel est le langage farou-
che & sanguinaire de l'intolérant !

Graces au Ciel ! cette manie, qui changeoit l'homme

---

(1) Art. X & XI des droits de l'Homme.

civilisé en bête féroce, & qui dégradoit l'espece humaine, ne subsistera plus. La tolérance, cette loi de la nature, tant méconnue jusqu'alors, étant devenue une loi de l'Etat, achèvera d'adoucir nos mœurs, & de nous rendre plus sociables. L'intolérantisme vient d'éprouver sa derniere crise. Ce monstre s'est agité en tous sens pour répandre l'épouvante & le carnage; mais il a été tout étonné de ne plus trouver les hommes prêts à s'égorger pour le rassasier de sang.

Cette façon de penser, qui prépare les hommes à jouir de toutes les douceurs de la vie civile, en laissant chacun maître de ses opinions sur des points qui ne sont point soumis à la législation humaine, est due au progrès de la raison & à celui des sciences & des arts.

Dans les siecles d'ignorance, dans l'inaction des arts & du commerce, les hommes furent presque toujours soumis au gouvernement des Moines & des Prêtres, les seuls qui eussent quelques idées des sciences, ou qui passoient pour en avoir; & ceux-ci, sous prétexte que toute puissance vient de Dieu, dont ils étoient les Ministres, s'arrogerent facilement une autorité sur les despotes & leurs sujets. Ce fut une espece de théocratie qui gouverna l'univers. Dans cet état, le regne de l'intolérance fut terrible. Il opprima toujours & dépeupla quelquefois la terre, & les guerres, pour des opinions religieuses, firent plus verser de sang que celles des conquérants les plus ambitieux & les plus féroces.

Mais à mesure que la raison a fait des progrès, elle a calmé cette fureur de zele qui dévoroit la terre. Elle a miné sourdement cette autorité du clergé, devenue formidable à tous les Empires, & contre laquelle ils se sont tous soulevés, lorsqu'ils ont cru pouvoir le faire, sans courir les risques d'être écrasés eux-mêmes par la Puissance qu'ils vouloient abattre. Par-tout le Clergé a voulu dominer & s'enrichir, & cette masse d'ambition & de richesses, pesant sur tous les peuples, leur a fait connoître peu - à - peu le néant de l'autorité temporelle du Clergé, & a donné le courage à plusieurs de reprendre un pouvoir & des biens usurpés.

D'ailleurs, la culture des lettres, en établissant parmi les hommes l'envie & la faculté de se communiquer leurs pensées, celle des arts & des sciences, en multipliant les objets d'utilité ou de luxe; la communication des nations entr'elles, par un commerce propre à les faire subsister & à les enrichir; l'uniformité de goûts & de besoins qui a résulté de toutes ces causes de rapprochement, entre des êtres faits pour la société, ont inspiré aux hommes des mœurs plus douces, & leur ont appris à regarder le genre-humain comme une grande famille, dont le devoir est de s'aimer & de se secourir, quelles que soient les opinions des individus ou des peuples qui la composent. Ils se sont rappellés sur-tout, qu'en ordonnant aux hommes de s'aimer, Dieu leur dit, qu'en accompliffant ce précepte, le plus grand de tous ceux qu'il leur donnoit, ils auroient accompli toute fa loi. Prêtres intolérants, quand vous perfécutez vos freres, accompliffez-vous la loi de votre inftituteur ? Si, comme lui, vous euffiez été doux, fimples tolérants, amis des hommes ; fi vous n'aviez été ni plus riches, ni plus ambitieux ; fi vous n'aviez porté aux peuples que des paroles de paix & de foumiffion aux loix ; ah ! c'eft alors que vous auriez été refpectés comme les envoyés de Dieu, & qu'il vous auroit été facile de faire pratiquer fa morale par toute la terre !

Ce qu'il y a de remarquable, c'eft que l'intolérance a toujours produit fur l'efprit des peuples un effet contraire à celui qu'on attendoit. Il n'y a rien de plus propre à faire perfévérer les hommes dans leurs opinions, que d'employer la féduction ou la force pour les leur faire abjurer. Comme la penfée eft la propriété de l'homme la plus facrée & la plus inviolable, & qu'il fent qu'il en eft feul le maître, il met auffi à la défendre toute fa force. On peut le perfécuter, l'emprifonner, le faire efclave, lui faire endurer tous les fupplices ; mais fa penfée refte libre & brave tous les tyrans. La perfécution fera bien une victime, mais elle ne fera pas un profélite. Si donc vos freres ne penfent pas comme vous, s'ils vous difent même, nous fommes dans l'erreur, mais nous voulons y refter ; ne les perfécutez pas. Tachez de gagner leur confiance, en usant envers eux de tous les moyens de persuasion. Si vous ne réussissez pas, songez que vous n'avez aucun droit de les contraindre, & qu'en le faisant, vous violez tous les droits de l'homme.

On ne peut trop imprimer aux Citoyens ces principes & cette importante morale, dont l'inobservation a toujours été une source affreuse de malheurs publics & privés. Qui est-ce qui a plongé des milliers de victimes dans les feux de l'inquisition? L'intolérance. Qui est-ce qui a englouti, pendant près de deux siecles, dans les guerres des croisades, l'élite des troupes Européennes, & cette foule innombrable de fanatiques de tous les états & tous les sexes qu'elles traînoient à leur suite? L'intolérance. Qui a ravagé, par le fer & le feu, les plus belles contrées de l'Europe & de l'Asie, pour l'établissement du Mahométisme, & couvert la France de massacres solemnels & juridiques, ou provoqués par les plus abominables complots? L'intolérance. C'est elle qui par ce fatal Edit portant révocation de celui de Nantes, chassa des millions de François de leurs foyers, & fit passer à l'étranger les sources de la prospérité Nationale, par l'exportation de nos Arts, de nos Manufactures & de l'or qui les alimente; Edit aussi absurde qu'inhumain, dont des Prêtres fanatiques triompherent, & dont l'Assemblée Nationale vient de réparer, autant qu'il a été en son pouvoir, les désastres, en rappellant dans le sein de leur patrie & de leurs biens, les descendants de ces malheureux proscrits. C'est l'intolérance excitée par la soif de l'or, qui après la découverte du nouveau monde, porta dans ces heureuses contrées un fer destructeur, sous prétexte d'y établir une religion de paix; qui fit vouer à l'exécration de ces nations paisibles, le nom des Européens, comme les peuples les plus féroces & les plus sanguinaires qui eussent souillé, par leur existance, la surface du globe. Et si on en croit quelques historiens, ce fut-même un Pape qui, se croyant maître du monde entier, à l'exemple de tous les Evêques de Rome de ces temps-là, expédia un bref aux Espagnols pour les mettre en possession de l'Amérique. C'est l'intolérance qui, au commencement de ce siecle, causa des divisions funestes dans le Royaume, à l'occasion d'une Bulle de la Cour de Rome, instrument de vengeance, fabriqué & obtenu par des Moines, accusés par leur constitution anti-sociale d'aspirer à la Monarchie universelle, & de vouloir tout soumettre à leurs opinions, en ayant l'air de les favoriser toutes. C'est elle enfin, MESSIEURS, qui, sous vos yeux, dans ce siecle de lumieres, & contre le vœu de la Nation, qui a le plus approfondi la science de la législation & des gouvernements, porte les Prêtres à la désobéissance, à la sédition, & à la pratique de tous les moyens possibles d'égarer le Peuple, & de l'armer contre ses freres.

D'après ce léger tableau des maux caufés par l'intolérance, ai-je eu tort de vous dire, MESSIEURS, que les Légiflateurs qui nous ont délivré de ce fléau mériteroient qu'on leur rendît des honneurs publics ? Je me trompe, MESSIEURS, ce tribut d'honneurs eft déjà rendu à la mémoire d'un des plus zélés Défenfeurs de la tolérance. Nous avons tous pleuré fur la tombe de cet homme illuftre, qui a le plus contribué à écrafer le defpotifme fur les opinions. Pardon, fi je vous rappelle un fouvenir douloureux ; mais à vos regrets fe mêlent certainement ces fentiments de reconnoiffance & d'admiration que vous avez fi folemnellement manifeftés aux mânes d'un des plus grands génies que la terre ait produits. Revenons à notre fujet.

On remarque que les peuples perfécutés par l'intolérance n'ont jamais profpéré ; ils languiffent dans une ignorance ftupide. S'il s'eft trouvé parmi eux quelque Philofophe échauffé de ce feu facré qui donne à l'homme des conceptions heureufes, & l'éleve au-deffus de fon fiecle, il a été livré à la perfécution ; c'eft un prodige, quand cet homme a trouvé un imitateur qui ait ofé marcher dans la même route, & porter le flambeau de la raifon devant fes contemporains. Le Clergé a toujours été l'ennemi des fciences, & fur-tout de cette faine philofophie qui étudie les vérités de la nature, & prépare le triomphe de la raifon ; il a preffenti que cette philosophie portant la lumiere dans les esprits, atténueroit insensiblement cette masse d'autorité usurpée, & qu'elle en réinvestiroit les puissances légitimes. Combien de fois ne l'a-t-on pas vu traiter d'innovation punissable les découvertes les plus utiles ? Cette politique adroite de subordonner les sciences à la religion, étoit un moyen infaillible de captiver les esprits par la crainte & la superstition ; & lorsque, sous prétexte de religion, le Clergé déployoit ses pouvoirs, il faisoit également servir à sa vengeance les fureurs du fanatisme & le glaive des loix, parce que les peuples & leurs magistrats, asservis aux mêmes préjugés, voyoient toujours des crimes dans les choses les plus indifférentes, ou qui honoroient le plus la raison humaine. Nous pourrions à cet égard vous citer des exemples qui vous feroient frémir, & douter peut-être si des hommes ont pu se porter à de pareils excès d'absurdité & d'aveuglement. Lorsque l'homme vit sous un gouvernement où la pensée est un crime, il se dégrade lui-même. Des siecles s'écoulent avant qu'il puisse recouvrer sa dignité & la jouissance de ses droits ; il végéte plutôt qu'il ne pense, & il est forcé, pour son bonheur & sa tranquillité, de suivre son instinct comme la bête. Dans cet état d'avilissement, il n'y a ni liberté, ni amour de la Patrie ; il n'y a point de population ; faute de bras, l'agriculture & le commerce languiffent ; l'habitant de ces pays ne cherche que les occafions de fuir une patrie qui l'opprime , & où il fent qu'il n'eft pas tout ce qu'il doit être ; où il attend que de l'excès de la tyrannie naiffe la liberté , ce qui arrive prefque toujours ; mais auffi que de générations fe fuccedent , avant que l'aurore de ce beau jour vienne confoler les malheureux humains !

Jettez un coup d'œil fur le Portugal , l'Efpagne , l'Italie , & autres contrées où le Clergé exerce par lui-même , ou par les Rois defpotes qu'il gouverne , toute la plénitude de l'intolérantifme. Comparez ce que font ces contrées avec ce qu'elles pourroient être , tant pour la population, que pour toutes les autres fources de profpérité que leur fituation topographique & politique leur ont ouvertes. Dans tous ces Royaumes , où les richeffes du Clergé font immenfes , elles y deffechent tous les canaux d'abondance, au lieu de les fertilifer ; le Clergé y eft ce qu'il étoit en France ; fon joug y écrafe tout , Peuples & Rois. Cet état de gêne & de contrainte ne peut durer long-temps ; l'empire de la liberté & de la raifon reprendra bientôt fon cours. Déjà les Peuples & les Rois méditent de renverfer ce coloffe , par des vues différentes , il eft vrai ; les uns , pour faire un pas vers la liberté ; les autres , pour être plus abfolus. Mais il ne faut qu'un moment pour fapper ce double defpotifme , & remettre à leur place les Peuples, les Rois & les Prêtres. Il n'y a que cet équilibre qui puiffe donner une bonne conftitution aux Empires , & rendre le genre humain auffi heureux qu'il peut l'être.

Le plus sûr moyen d'établir la tolérance & de la maintenir , eft d'empêcher que le Clergé ne faffe un corps. *Par-tout où le Clergé fait un corps* , dit Roufleau, *il eft maître & légiflateur dans fa patrie ; de lui interdire la poffeffion de grands biens , & de le mettre dans une entiere dépendance du Gouvernement pour tout ce qui tient à la police extérieure du culte & à la légiflation fociale.* S'il y a tout à craindre d'un Clergé intolérant , il y a tout à efpérer d'un Clergé citoyen. Or, le Clergé fera intolérant tant qu'il fera riche , & qu'il fera un corps féparé dans l'Etat ; & il fera citoyen tant qu'il fera foumis aux loix , & que n'étant plus corrompu par les richeffes & l'efprit de corps , il s'occupera d'inftruire & confoler les Peuples , & de leur donner l'exemple de toutes les vertus.

Cependant , Messieurs , la tolérance a des bornes. Si l'homme eft le maître de donner de la publicité à fes opinions , c'eft à condition que *leur manifeflation ne troublera pas l'ordre publc établi par la loi.* Celui qui , par quelque maniere que ce foit, veut faire prévaloir une opinion au détriment de la tranquillité publique ; eft , par cela

même , un séditieux , un intolérant ; il enfreint
le premier devoir du citoyen libre , celui d'être
soumis aux loix , puisqu'il n'y a que cette sou-
miſſion qui fait la liberté. L'homme qui ſe fait un
parti pour rendre une opinion religieuſe dominante,
devient tôt ou tard funeste à l'Etat : ce n'est pas
l'empire de la vérité qu'il veut établir , mais celui de l'amour-propre & de l'ambition.

En général , les Gouvernements ne doivent ſe
mêler de quérelles religieuſes, que pour les empêcher de naître, & jamais pour protéger par la force
une opinion contre une autre. Cette politique adoptée
depuis près d'un ſiecle, a beaucoup contribué à faire
tomber le ſyſtême inſenſé de l'intolérance & de la
perſécution. Depuis que les Gouvernements s'occu-
pent moins de guerres de religion , on voit moins de
ces eſprits intrigants & brouillons afficher la publicité
de leurs opinions , & ſolliciter le ſecours des loix
& de la force publique pour les faire admettre. Il y a
auſſi moins de ces diſputes oiſeuſes, inintelligibles, in-
terminables par leur nature, & par l'inflexibilité qu'on
met à les ſoutenir. Cette ſageſſe des Gouvernements,
de ne point s'occuper de tout ce qui ne tient point aux
matieres de légiſlation , ou d'ordre public, est devenue avec le temps, une façon de penſer preſque
générale. Elle a ramené les hommes à des principes
de paix, qui ſe maintiendront auſſi long-temps, que
la raiſon & les loix ſeront d'accord pour réprimer

tout fyſtême tendant à rétablir un depotifme fur les
opinions.

Pour que cet état ſoit permanent, il faut que le
Sacerdoce & l'Empire ne ſe trouvent jamais en op-
poſition, & qu'ils aient une tendance réciproque à ſe
ſervir, ſans pouvoir jamais ſe nuire. Choſe bien diffi-
cile pour deux Puiſſances qui n'ont ni la même inſti-
tution, ni les mêmes loix, ni la même fin. Ce n'eſt
pas qu'il y ait incompatibilité dans leurs principes;
mais, faute de s'entendre, la confuſion & le choc
des pouvoirs ont toujours maintenu la diviſion & la
jalouſie entre leurs chefs. Les anciens ne connurent
point cette rivalité des deux Puiſſances, parce que
le Code civil & le Code religieux, étoit chez eux le
même Code. Ils étoient en même-temps Souverains
& Pontifes. La force ou la foibleſſe de leurs Dieux,
ſe meſuroit ſur la perfection de leur légiſlation, le
cours des événements, & les chances des combats.
Et malgré leur culte bizarre & ſuperſtitieux, ils éprou-
verent un fléau de moins que les modernes, celui
des guerres de religion. Les Prêtres de Jupiter,
de Mars, de Saturne, ne firent point la guerre à
ceux de Cerès, de Pan ou de Minerve. Les Prêtres
de la Sybille ne combattirent point ceux de l'ora-
cle de Delphes; ni les peuples qui adoroient ces
Dieux, ne s'égorgerent point pour la préférence de
leurs dogmes ou de leurs opinions. Nous ſommes bien
éloignés de mettre ces abſurdes religions en paralelle
avec

avec la religion universelle, qui éclaire l'univers.
Nous ne confidérons ici que l'ordre focial en lui-
même; & fous ce rapport, on doit dire que l'unité
de pouvoir, dont nous venons de parler, étoit, pour
fa tranquillité, ce qui lui convenoit le mieux.

Mais le Chriftianifme s'établit, & avec lui la dif-
tinction des deux Puiffances, fource de difputes &
d'erreurs, parce que toujours on a voulu mettre la
Puiffance de Dieu à la place de celle qu'il avoit
réfervée aux hommes. *La doctrine des deux Puif-*
fances, difoit dernierement, M. l'Evêque de Viviers
dans un de fes difcours, *eft une doctrine dont la*
théorie eft le tourment de la raifon, & dont la pra-
tique eft la difcorde du monde. Prêtres réfractaires
aux loix, & jaloux d'ufurper une autorité fans
bornes, apprenez ici à mieux connoître la nature &
l'origine de votre inftitution! L'Inftituteur du Sacerdoce, loin de détruire les Puiffances qu'il trouva
établies, donna la fanction la plus formelle à l'autorité dont elles étoient revêtues. Il confirma cette
unité de Puiffance qui doit feule gouverner les
hommes réunis en fociété; & pour qu'on ne le
prît pas pour le Légiflateur des Nations, il eut grand
foin d'avertir que fon Royaume n'étoit pas de ce
monde. En conféquence, il ne détrôna point les Rois,
il ne perfécuta point les Peuples, il n'employa la
féduction ni la violence contre perfonne; il vécut
dans une entiere foumiffion aux loix; il pratiqua

B

toutes les vertus ; il fut perfécuté & fouffrit la mort ; & vous, vous perfécutez, vous femez la difcorde, vous préparez une révolte contre les Puiffances de ce monde ; & il n'en tient pas à vous que vous ne foyez teint du fang de vos freres ! Pouvez-vous violer ainfi la morale & les loix de votre maître, & confondre les paffions & la folie des hommes avec la fageffe de Dieu ?

Les caufes de ces défordres font faciles à indiquer, MESSIEURS. Le fondateur du Sacerdoce laiffa des Miniftres qui organiferent l'Eglife ; & comme ils étoient hommes, ils en eurent toutes les foibleffes. Ils oublierent fouvent la pureté & la fimplicité de leur inftitution. Bientôt les envoyés de Dieu, s'entourerent de tout ce qui pouvoit flatter la vanité humaine. Les plus vaftes propriétés devinrent néceffaires à des gens qui ne devoient rien poffeder. Tous les Royaumes de ce monde auroient à peine fuffi à l'agrandiffement du Royaume de Dieu, devenu dans leurs mains un titre de conquête. Ils s'emparerent de la juftice humaine, ou lutterent toujours avec elle ; ils donnerent & ôterent les couronnes ; ils firent quelquefois venir les Rois de la terre à leurs pieds, & leurs infligerent des peines aviliffantes ; & dès lors s'établit entre le Sacerdoce & l'Empire cette rivalité funefte, où le Clergé, oubliant perpétuellement ce qu'il devoit être, pour fe maintenir dans l'état où il étoit, a trouvé les moyens, depuis l'établiffe-

ment du Christianisme, de dominer les Peuples &
les Rois. Voyez combien cet esprit de domination,
le tourmente & l'agite! Voyez quelle rage il éprouve,
de trouver les Peuples désabusés, & prêts à périr
plutôt que d'être rebelles à la Puissance légitime à
laquelle Dieu leur a commandé d'obéir!

Des pouvoirs si long-temps usurpés & confondus
viennent d'être séparés ; & si le Clergé n'est pas
encore en France ce qu'il doit être, il est certain
au moins que toutes les voies sont préparées pour
qu'il le devienne. Si le Corps est abattu, l'esprit
de Corps ne l'est pas ; il réside tout entier dans
les membres épars. Le Clergé se souviendra long-
temps de l'état de grandeur & d'opulence dont il
est déchu. Les preuves de civisme que la Constitution exige doivent rassurer sans doute ; mais,
MESSIEURS, il faut le dire, parce que c'est ici
la cause du genre humain & celle de la Constitution, il faudra veiller long-temps des Ministres
réfractaires aux loix, accoutumés à croire qu'ils
tiennent tout de Dieu & rien des hommes : cette
idée & celle d'une indépendance absolue, se tou-
chent ; il ne faut qu'un moment pour qu'elle rede-
vienne un système, & qu'elle acquierre force d'autorité. Accordez seulement, dans les circonstances
actuelles, au Clergé un Concile, & soyez sûrs qu'il
sera bientôt ce qu'il a été. Vous vous rappellez,

MESSIEURS, avec quelle inftance il l'a demandé ce Concile, qui devoit le revêtir de toute fa force, & de cet appareil impofant qui étonne & fubjugue les peuples. C'eft dans ces Affemblées, où, fous prétexte de foi, le Clergé a toujours fanctionné fes ufurpations. Auffi, depuis plus de deux fiecles, les Rois n'ont plus permis ces conventions eccléfiaftiques, toujours funeftes à leurs pouvoirs & à la tranquillité de leurs Etats. Des idées faines & vraies ont fimplifié des queftions qu'une Théologie aftucieufe plaçoit hors la portée de l'efprit humain. Le Sacerdoce & l'Empire ayant des loix & des Miniftres pour gouverner le même homme, la ligne de démarcation de leurs pouvoirs fe trouve naturellement tracée par le but que chacune de ces puiffances fe propofe; l'une tend au plus grand bonheur de la Société; l'autre, au plus grand bonheur de l'autre vie; celle-là gouverne le corps & les biens; celle-ci ne gouverne que la confcience; elle ne tient à la terre que pour en détacher l'homme. Telle eft en fubftance toute la fcience & la féparation des deux pouvoirs. La Religion & l'ordre focial, voulant le bonheur du même individu, ont une liaifon intime: c'eft dans le cœur de l'homme que réfident les vertus civiles & religieufes; il ne faut que l'éclairer & le bien conduire, pour qu'il s'acquitte exactement de ce qu'il doit à Dieu & à fa Patrie.

Cette heureuse révolution, MESSIEURS, fera dûe à l'expropriation des biens du Clergé, à sa constitution civile, au ferment de fidélité prêté à la Nation, à la Loi & au Roi ; vous aurez ce que la France & aucune autre Nation n'ont jamais eu ; vous aurez des Prêtres citoyens. J'excepte cependant, MESSIEURS, du tableau que je viens de faire des vices du Clergé, *cette portion faine & respectable, cette classe de Pasteurs*, pour me servir des expressions d'un grand homme, *jusqu'alors la plus avilie & la plus furchargée, qui, placée parmi le peuple des campagnes & des villes, travaille, édifie, conseille, console & soutient une foule de malheureux*, qui, par une parfaite soumission aux loix, a fu rendre à Dieu ce qui étoit à Dieu, & à César ce qui étoit à César. Faffe le Ciel que le Clergé de la Constitution, qui est en même-temps le Clergé de l'Evangile, professe toujours un aussi pur civisme ! Ce nouvel ordre de choses sera le sceau de la tranquillité publique, & le triomphe de la Religion & des mœurs.

EXTRAIT de la Délibération de la Société.

LA Société a arrêté que le Discours sur l'Intolérance & le Despotisme du Clergé sera imprimé au nombre de deux mille exemplaires.

Signés, BRÉMONTIER, *Président.*

VIEILLOT l'aîné,
LELIEVRE,   } *Secrétaires.*
PIMARE,

A Rouen. De l'Imprimerie de P. SEYER & BEHOURT, Imp. de la Société des Amis de la Constitution. 1791.